我的第一套好好吃食育繪本

小奈奈的好好吃蔬菜飯

文 吉田隆子　圖 瀨邊雅之
譯 游珮芸

親子天下 Education · Parenting Family Lifestyle

「老師再見！」
「小奈奈再見，明天見囉。」
今天奶奶來接小奈奈回家。
小奈奈非常喜歡奶奶。
奶奶也非常喜歡小奈奈。

回到家以後，
奶奶拿出小奈奈的便當盒。
咕咚、咕咚，有東西在滾動，
打開蓋子一看，
是剩下的花椰菜、小番茄
和胡蘿蔔。

「小奈奈討厭蔬菜嗎？」

「嗯，好討厭。我覺得很難吃。奶奶呢？」

「我喜歡蔬菜唷。我覺得很好吃。」

「什麼？！」

「什麼？！」

兩個人

咯咯笑了起來。

「好啦，小奈奈，我們一起
去買晚餐的材料吧。」
「嗯！」

兩個人先到乾貨店。

奶奶買了一條柴魚乾。

柴魚乾。

奶奶這是什麼?

到魚店買了吻仔魚。

在蔬菜店買了
白蘿蔔、胡蘿蔔、
芋頭和洋蔥。

討厭～！

回家的路上，晚霞滿天。
天空和山都被染成橘紅色。
「哇～好漂亮！」

「晚餐我們一起來煮好吃的料理吧！」
「我們要煮什麼呀？」
「等一下你就知道囉。」

來吧，開始做菜囉！

奶奶一回到家，
馬上穿起圍裙，
準備好到廚房煮菜。
忽然，不知從什麼地方，
跑來了四個健康小精靈。

柴魚乾
刨器

電子鍋

首先將胡蘿蔔磨成泥！

奶奶先削胡蘿蔔的皮，
再用研磨器將胡蘿蔔磨成泥。

咻！咻！

刷！刷！

刷！
刷！

蓬蓬的
軟軟的

你吃吃看！

小奈奈捏了一點
鬆鬆軟軟的胡蘿蔔。

這是我討厭
吃的胡蘿蔔……
怎麼辦？

好緊張

雖然有點害怕，
但小奈奈還是
一口吃了下去！

好吃！

好甜——喔！

來煮飯囉！

奶奶洗完米之後，把米倒進篩網盆裡瀝乾，然後再放進電子鍋。

淅瀝
淅瀝！

加了水之後，再放進胡蘿蔔泥，還有小吻仔魚。
蓋上電子鍋，然後按下「開始」的按鈕。

「奶奶，這個飯會
變成什麼樣子呢？」
「這是祕密。你等一下就知道囉。」

來做高湯吧！

奶奶在鍋子裡放了水，
然後放進海帶。

小奈奈折了一小塊海帶，
放進嘴裡，
嗯，有一點點鹹，
不過很好吃。

像到了海邊，
會聞到的
味道呢！

接下來刨柴魚片。

咻、咻、咻

小奈奈也刨刨看。
一陣陣香香的氣味飄出來。

不知不覺肚子
也餓了起來。

小心不要
刨到手喔。

打開盒子一看，
剛剛刨好的柴魚片，
蓬蓬鬆鬆的裝滿了盒子。
「看起來好好吃喔！」
小奈奈拿起來，試吃了一口。

好吃！

剛剛放進海帶的鍋子裡，
水已經開始有一點顏色了。

把鍋子放到
瓦斯爐上。

等水煮開
大滾之前，
撈出海帶。

放進刨好的
柴魚片。

小奈奈吃了煮過的海帶，發現一點味道也沒有。
剛剛明明還有像海一樣的味道啊，
怎麼不見了？

奶奶把漂浮在鍋子裡
的柴魚片
用篩網撈起來。
從篩網滴下來的湯汁，
有一點淡淡的咖啡色。

嗯～
好吃！

把蔬菜皮削一削吧!

奶奶開始削白蘿蔔、
胡蘿蔔和芋頭皮。
小奈奈幫忙把洋蔥皮剝掉。
「小奈奈,這一些蔬菜,
都是在泥土裡長大的喔。」

白蘿蔔

胡蘿蔔

洋蔥   芋頭

棕色的泥土
就像是蓬鬆
溫暖的棉被。

啊，是芋頭！

來切菜囉！

奶奶咚咚咚的用菜刀切菜。
「剩下的，小奈奈可以幫忙嗎？
把菜切成你吃起來剛好、
容易入口的大小。」

切小一一點！

這個切成
條狀好了。

胡蘿蔔

白蘿蔔

小奈奈一邊把菜
切成小塊，
一邊把小塊的菜
放進嘴巴裡嘗嘗看。

來吃吃看
胡蘿蔔的
味道！

要怎麼切
好呢？

切成一塊一塊的。

洋蔥

芋頭

※ 芋頭不可以生吃喔。

放進醬油和鹽囉！

把切好的蔬菜放進高湯裡。
慢慢的讓它煮滾，
聞起來香噴噴的味道飄出來了。

放進醬油和鹽巴！

香味愈來愈濃了。

嗯，好想吃喔！

神祕的米飯也煮熟了！

「來吧，看看飯煮成什麼樣子了。」
奶奶打開電子鍋。

哇～是晚霞的顏色！

「奶奶的神祕米飯，
原來是晚霞飯哪！」

那一天的晚餐是
晚霞飯和根莖類蔬菜湯。
看到小奈奈吃了一碗還要再來一碗，
爸爸和媽媽都嚇了一跳。

再來一碗！

和孩子一起挑戰！
晚霞飯和
根莖類蔬菜湯

晚霞飯

材料（約 2 個大人和 2 個小孩的分量）

米 …………	2 杯（1 杯約 200ml）
水 …………	480ml
胡蘿蔔 ………	中型 1 根
吻仔魚 ………	30g

作法

① 洗完米之後，先浸泡。

在大型的洗盆裡放進篩網盆，
再把米放進去洗，這樣小朋友也可以洗得很輕鬆喔。

洗過 3~4 次之後，當洗米水變清了，把米瀝乾，
加入量好分量的水，浸泡約 30 分鐘。
（冬天的話約 40~50 分鐘）。

第一次很快的淘洗過，馬上把水倒掉，
因為洗米水很快又會被米吸收回去。

1 : 1 + 多一點點

米和水的比例約是「1 杯米加 1.2 杯水」。
跟孩子說「1 杯米就加 1 杯多一點點的水」，
這樣孩子比較容易理解。

② 加入胡蘿蔔和吻仔魚，
用電子鍋炊煮。

把浸泡好的米和水加入電子鍋，
再倒入胡蘿蔔泥和吻仔魚，
輕輕攪拌，照一般的方式炊煮。

如果用瓦斯煮的話，在水滾之前用大火，
水滾之後用中火煮 15~20 分鐘。
等不再冒白煙之後，再關火。
放在鍋裡悶個 15 分鐘左右。

根莖類蔬菜湯

材料（約 2 個大人和 2 個小孩的分量）

水·····600ml	洋蔥·····中型 1 顆
芋頭·····中型 3 個	柴魚片·····20g
白蘿蔔·····切段，長約 10cm 左右	海帶·····4cm 長 2 片
胡蘿蔔·····中型 1 根	醬油·····2 大匙
	鹽·····少許

作法

① 蔬菜洗乾淨，切成容易入口的大小。

胡蘿蔔、白蘿蔔和芋頭用削皮器削皮後，
切成容易入口的大小。

不只是蔬菜，也可以用手把蒟蒻捏成一小塊、
一小塊，一起加入湯中，也很美味。

② 用柴魚和海帶做高湯。

柴魚片

在鍋子裡放入量好的水，
海帶用洗好擰乾的布擦拭過後，放進鍋裡先浸泡 30 分鐘，
再放到瓦斯爐上加熱，在水沸騰之前取出海帶，
加入柴魚片。煮了約 3 分鐘之後，熄火。
稍微放涼一點，撈出柴魚片。

柴魚片
3
水
100

柴魚的重量約是高湯分量的 3%。
使用柴魚乾刨器時，在小孩還不熟悉操作方式前，
大人最好在一旁幫忙。

③ 放入蔬菜烹煮，最後加入調味料。

湯渣

最後加

在高湯中放入蔬菜，滾煮到蔬菜軟熟為止，
一邊煮一邊撈出湯渣。最後加入調味料。

味噌

除了加醬油和鹽調味之外，
也可以加入一大茶匙的味噌，
做成味噌湯。

記憶中的飯菜香
與大自然的魔法料理

吉田隆子

記憶中，小時候常常在夕陽染紅大地時，仍在外頭玩耍。看著遠方的窗子，已經開始透出燈光，心裡想著：「該回家去了」；但是仍然和玩伴互相說著：「再玩一下子、再玩一下子」，一直等到晚霞消失，天黑了還留在外頭。

小時候在戶外玩耍的記憶，跟我看到晚霞的記憶互相重疊著。盡情玩耍之後的晚餐，不用說當然是非常美味。奶奶煮的豆子，剛剛從雞舍拿來的雞蛋、從田裡剛剛摘的、還沾著泥土的蔬菜，經過奶奶的巧手，變成桌上一道道的佳餚。

在本書中，我把記憶中的晚霞變成了米飯，在泥土中生長的蔬菜變成熱騰騰的湯。我希望生長在現代的孩子們，也能夠接觸到大自然與土地，並與其連結，帶著這樣的期盼製作了這本書。

※「根莖類蔬菜湯」中的胡蘿蔔、白蘿蔔、芋頭是屬於「根菜類」蔬菜，洋蔥則是屬於「莖菜類」，這四樣蔬菜都是在泥土裡長大的喔！

本書使用歐盟 SGS 檢測認證環保油墨印刷

作繪者簡介

|作者| **吉田隆子**

管理營養師，NPO 法人兒童之森理事長，日本大學短期大學部食物營養學科教授。從 1985 年起，在靜岡縣聖母學園磐石聖瑪莉雅幼兒園開始實踐幼童的飲食教育（食育），現在於日本全國各地進行食育相關的演講，並指導幼兒園與托兒所的飲食。著作有《健康食育繪本系列》（大采）《我開動囉！育兒革命》（金星社），《在食育森林中》（稻佐兒童之森）等。

|繪者| **瀨邊雅之**

1953 年出生於日本愛知縣。東京藝術大學工藝科畢業後，開始插畫家生涯。以溫婉充滿感情的圖像，深受書迷喜愛。作品有《總共是 100》、《100 人捉迷藏》（上誼）、《健康食育繪本系列》（大采）、《便便繪本》（Holp 出版社）、《變成國王的老鼠》（PHP 研究所）、《恐龍拼圖》等。

|譯者| **游珮芸**

日本御茶水女子大學人文科學博士。現任教於台東大學兒童文學研究，致力於兒童文學與兒童文化的研究與教學，並從事兒童文學的翻譯與評論。翻譯作品有《生氣》、《愛思考的青蛙》、《鶴妻》、《微微風童》等書，亦曾以鄭小芸之筆名譯有《閣樓上的光》、《愛心樹》等書。

繪本 0126

我的第一套好好吃食育繪本
小奈奈的好好吃蔬菜飯

作者｜吉田隆子
繪者｜瀨導雅之
譯者｜游珮芸

責任編輯｜熊君君
封面設計｜蕭雅慧

發行人｜殷允芃　執行長｜何琦瑜　總經理｜王玉鳳
總監｜張文婷　副總監｜黃雅妮　版權專員｜何晨瑋

出版者｜親子天下股份有限公司
地址｜台北市 104 建國北路一段 96 號 11 樓
電話｜（02）2509-2800　傳真｜（02）2509-2462
網址｜www.parenting.com.tw
讀者服務專線｜（02）2662-0332　週一～週五：09:00-17:30
讀者服務傳真｜（02）2662-6048
客服信箱｜bill@service.cw.com.tw
法律顧問｜瀛睿兩岸暨創新顧問公司
總經銷｜大和圖書有限公司　電話（02）8990-2588

出版日期｜2014 年 5 月第一版第一次印行
　　　　　2021 年 5 月第一版第十一次印行
定價｜300 元
書號｜BCKP0126P　ISBN｜978-986-241-878-9（精裝）

訂購服務
親子天下 Shopping｜shopping.parenting.com.tw
海外‧大量訂購｜parenting@service.cw.com.tw
書香花園｜台北市建國北路二段 6 巷 11 號　電話（02）2506-1635
劃撥帳號｜50331356 親子天下股份有限公司

立即購買 >

和家人一起愉快

穿好圍裙，
洗好手，
開始來做菜吧。

頭上如果綁上頭巾，
會更好喔。

揉麵團的時候，
用比較大的不鏽鋼盆，
比較好用喔。

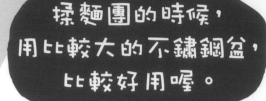

在鋼盆或是砧板的下面，
最好墊一塊溼抹布，
比較不容易滑。

讓家人幫你準備
一張適合你身高
的工作桌。